LÉGENDE

D'ILVALA ET VATAPI

ÉPISODE DU MAHABHARATA

TRADUIT POUR LA PREMIÈRE FOIS DU SANSCRIT EN FRANÇAIS

PAR

PH. ED. FOUCAUX

CHARGÉ DU COURS DE SANSCRIT AU COLLÉGE DE FRANCE, DU COURS DE TIBÉTAIN
A L'ÉCOLE DES LANGUES ORIENTALES VIVANTES, MEMBRE DE LA SOCIÉTÉ
ORIENTALE DE FRANCE, DE LA SOCIÉTÉ ASIATIQUE DE PARIS ET DE LA SOCIÉTÉ D'ETHNOGRAPHIE
ORIENTALE ET AMÉRICAINE

EXTRAIT DE LA REVUE D'ORIENT

PARIS

BENJAMIN DUPRAT

LIBRAIRE DE L'INSTITUT, DE LA BIBLIOTHÈQUE IMPÉRIALE ET DU SÉNAT,
DES SOCIÉTÉS ASIATIQUES DE PARIS, LONDRES, CALCUTTA, CHANG-HAI, ET DE LA SOCIÉTÉ
ORIENTALE DE NEW-HAVEN (ÉTATS-UNIS D'AMÉRIQUE)
7, RUE FONTANES, 7

1861

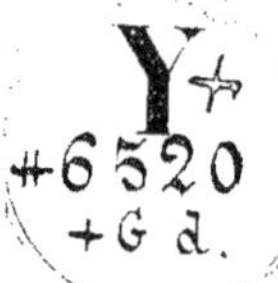

LÉGENDE

D'ILVALA ET VATAPI

ÉPISODE DU MAHABHARATA

TRADUIT POUR LA PREMIÈRE FOIS DU SANSCRIT EN FRANÇAIS

OUVRAGES DE PH. ED. FOUCAUX

QUI SE TROUVENT A LA LIBRAIRIE DE BENJAMIN DUPRAT

7, RUE FONTANES, 7

GRAMMAIRE DE LA LANGUE TIBÉTAINE. Paris, imprimerie impériale, 1859. In-8 broché. 3 fr.

HISTOIRE DU BOUDDHA SAKYA-MOUNI, texte tibétain et traduction. 2 vol. in-4. 30 fr.
    Le texte seul. 20 fr.
    La traduction seule, avec figures. 12

LA NAISSANCE DE SAKYA-MOUNI, spécimen du Gya-tcher-rol-pa, texte tibétain, traduit en français et accompagné de notes. Paris, 1841. In-8, broché. 4 fr

LE SAGE ET LE FOU, texte tibétain extrait du Kanjour, avec un glossaire contenant l'explication de tous les mots. In-8, broché. 2 fr. 50

PARABOLE DE L'ENFANT ÉGARÉ, publiée en sanscrit et en tibétain, avec la traduction française. Paris, 1854. In-8, broché. 7 fr. 50

LE TRÉSOR DES BELLES PAROLES, choix de sentences composées en tibétain par le lama Saskya Pandita, texte et traduction. Paris; 1858. In-8. 3 fr. 50

TROIS ÉPISODES DU MAHABHARATA, traduits du sanscrit en français :
    1. Striparva. 3 fr.
    2. Mahaprasthanika. 1
    3. Kairata Parva. 1

POUR PARAITRE PROCHAINEMENT :

VIKRAMORVACI, drame sanscrit en cinq actes, de Kalidasa, traduit en français. In-8.

LÉGENDE

D'ILVALA ET VATAPI

ÉPISODE DU MAHABHARATA

TRADUIT POUR LA PREMIÈRE FOIS DU SANSCRIT EN FRANÇAIS

PAR

PH. ED. FOUCAUX

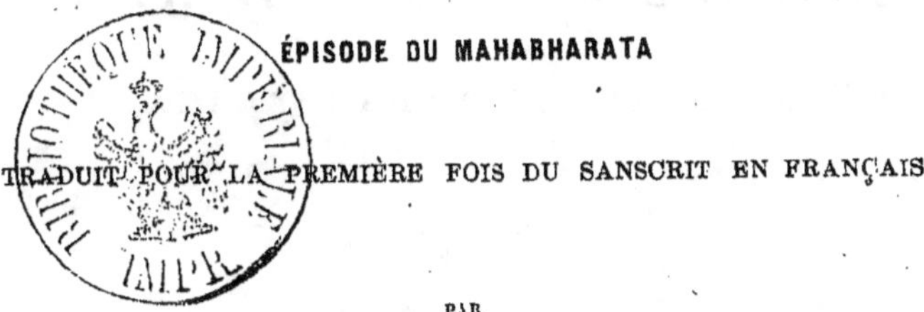

CHARGÉ DU COURS DE SANSCRIT AU COLLÉGE DE FRANCE, DU COURS DE TIBÉTAIN
A L'ÉCOLE DES LANGUES ORIENTALES VIVANTES, MEMBRE DE LA SOCIÉTÉ
ORIENTALE DE FRANCE, DE LA SOCIÉTÉ ASIATIQUE DE PARIS ET DE LA SOCIÉTÉ D'ETHNOGRAPHIE
ORIENTALE ET AMÉRICAINE

EXTRAIT DE LA *REVUE D'ORIENT*

PARIS

BENJAMIN DUPRAT

LIBRAIRE DE L'INSTITUT, DE LA BIBLIOTHÈQUE IMPÉRIALE ET DU SÉNAT,
DES SOCIÉTÉS ASIATIQUES DE PARIS, LONDRES, CALCUTTA, CHANG-HAI, ET DE LA SOCIÉTÉ
ORIENTALE DE NEW-HAVEN (ÉTATS-UNIS D'AMÉRIQUE)
7, RUE FONTANÉS, 7

1861

LÉGENDE D'ILVALA ET VATAPI

EXTRAITE DU MAHABHARATA

INTRODUCTION

C'est par l'extrait du *Mahâbhârata* nommé *Bhagavadguîtâ*, dialogue religieux et philosophique entre le dieu Krichna et le héros Ardjouna, que la littérature sanscrite s'est, pour la première fois, fait connaître en Europe. Ce poëme, traduit en anglais sur le texte original, par Wilkins, parut à Londres en 1785. Le drame de Sakountala, traduit par W. Jones, ne fut publié qu'en 1789. Le sujet de ce drame, transporté récemment sur la scène française sous la forme d'un ballet, est lui-même emprunté au *Mahâbhârata*.

Ces deux publications furent à leur apparition accueillies avec intérêt, mais l'époque n'était pas favorable aux études littéraires. Les guerres qui se succédèrent jusqu'à la fin du premier empire absorbèrent bientôt toute l'attention de l'Europe et mirent obstacle aux relations de la France et de l'Angleterre. Elles empêchèrent longtemps que la littérature indienne ne prît, comme elle l'a fait depuis, le rang qu'elle mérite d'occuper.

Cependant, dès la fin du dix-huitième siècle, l'éveil était donné ; l'Allemagne s'était aussitôt préparée à cette étude nouvelle, et dès l'année 1808, Fréd. Schlegel publiait un ouvrage sur la langue et la sagesse des Indiens, en attendant son édition du texte de la *Bhagavadguîtâ* dont nous

parlions en commençant, publié en 1823 avec une traduction latine. Il avait été devancé dans la publication d'un
texte sanscrit par F. Bopp, qui déjà, en 1819, avait publié
l'épisode célèbre de *Nala*, accompagné aussi d'une version
latine.

Ces deux ouvrages étaient extraits du *Mahâbhârata*, qui
depuis a été imprimé en entier à Calcutta dans les années
1834-39. — C'est sur cette édition qu'on a traduit un assez
grand nombre d'épisodes pris çà et là dans les dix-huit livres
qui composent le poëme. Mais les plus courts de ces livres
n'ayant pas moins de 2,000 *distiques*, les autres en ayant
quelquefois près de 20,000, et le poëme entier formant
200,000 vers, on ne doit pas s'étonner qu'il n'y ait que la
dixième partie environ de l'ouvrage qui ait été traduite.

Il n'est pas douteux que l'étendue de cette épopée gigan-
tesque n'ait été le principal obstacle à ce qu'on la traduise
d'un bout à l'autre. Pourtant ce poëme, qui est à lui seul
toute une bibliothèque, puisqu'on y trouve de l'histoire
sous la forme de généalogie, des traités de théologie, de
philosophie, de législation et de politique, mériterait d'être
traduit, et il est à regretter que l'ouvrage, dont les extraits
ont été les premiers à nous faire apprécier la poésie indienne, soit justement celui dont la traduction se fait le plus
attendre.

Habitués à regarder comme la plus juste mesure les
proportions de l'Iliade et de l'Énéide, les lecteurs euro-
péens s'accoutument difficilement à l'idée d'un poëme
remplissant dix volumes. Il ne faudrait pas croire cependant que les Indiens manquent absolument de l'art de conduire une action héroïque à la manière des poëmes que
nous sommes accoutumés à prendre pour modèles. Le *Râmâyana*, qui se rapproche de nos ouvrages classiques, et
d'autres poëmes indiens viennent à l'appui de ce que j'a-
vance.

Il faut songer, d'ailleurs, aux lieux où le *Mahâbhârata*
a été composé, et se transporter en idée dans un climat où

la nature est douée d'une puissance excessive qui produit à profusion les fleurs et les fruits, et donne naissance à des animaux de toute espèce ; où les roseaux atteignent à la hauteur de grands arbres et forment de vraies forêts, sous les ombrages desquelles on rencontre ces éléphants que les poëtes se plaisent à comparer à des collines.

Ce qui grossit le *Mahâbhârata* outre mesure, ce sont les épisodes et les légendes qu'on y a intercalés sans aucun souci des proportions. Dégagé de tout ce qui ne tient pas à l'action proprement dite, ce poëme serait encore un long ouvrage, mais il s'accorderait, à peu de choses près, avec les exigences de la poétique de l'Occident, puisqu'il ne renfermerait que 20,000 distiques environ.

A l'époque où l'on croit que le *Mahâbhârata* a été rédigé, sous la forme où il nous est parvenu, c'est-à-dire aux derniers siècles qui ont précédé notre ère, les Brahmanes auront voulu rassembler sans distinction dans un seul ouvrage toutes les traditions qui les intéressaient, pour s'en servir au besoin. L'antagonisme qui déjà existait entre eux et les bouddhistes n'est peut être pas étranger à la manière dont le *Mahâbhârata* a été rédigé, par opposition aux volumineux ouvrages que produisait incessamment la secte rivale.

On avait annoncé en Allemagne, il y a quelques années, une traduction complète du *Mahâbhârata*, par M. Goldstucker. Mais cet habile indianiste, occupé en ce moment à imprimer la troisième édition du dictionnaire sanscrit de Wilson, ne semble pas disposé, quant à présent, à poursuivre cette entreprise.

Quelques indianistes ont lu le poëme entier, et entre autres le savant M. Lassen, qui a montré dans un excellent livre : « Indische Alterthumskunde », quel parti on pouvait tirer des renseignements de tout genre contenus dans le *Mahâbhârata*. Mais quelle que soit la sagacité d'un écrivain et la sûreté de sa critique, rien ne peut suppléer à la lecture des textes qui lui ont servi pour porter un jugement ou avancer un fait. Aussi, quand on s'occupe si activement aujourd'hui de la traduction des Vêdas, pourquoi ne pas songer à celle du *Mahâbhârata ?* Ces deux livres, quoiqu'ils aient été composés à des époques bien éloignées et diffèrent considérablement par la forme, gagneraient beaucoup à être étudiés parallèlement.

En attendant une traduction du poëme entier, il est toujours utile d'en détacher des légendes. Celle qu'on va lire sur le sage Agastya est intéressante en ce que ce personnage est un des plus célèbres de la mythologie hindoue, et qu'en dégageant son histoire du merveilleux dont les Indiens l'ont entouré, on peut arriver à des données historiques de quelque valeur. Ecoutons M. Lassen : « Râma, quand il arrive au sud des monts Vindhyas, trouve là le sage Agastya par lequel les contrées du sud avaient été rendues accessibles et sûres. Agastya apparaît comme le guide et le conseiller de Râma, et comme le chef des ermites établis au sud. Dans cette légende nous pouvons reconnaître la tradition qui indique que le sud était originairement une vaste forêt, cultivée pour la première fois par des colonies brahmaniques. Les Rakchasas, qu'on représente comme troublant les sacrifices et dévorant les prêtres, signifient là, comme souvent ailleurs, simplement que des tribus sauvages s'étaient mises en hostilité avec les institutions brahmaniques, etc. » (V. Muir, *Sanskrit texts* part. II, p. 425 et 1.)

TRADUCTION [1]

I

Lômaça raconte :

Il y avait autrefois dans la ville de Manimati, ô descendant de Kourou, un Dâitêya [2] nommé Ilvala, qui avait
pour frère puîné Vâtâpi. Ce fils de Diti dit à un brahmane
qui se livrait à la pénitence : « Que le bienheureux me
donne un fils égal à Indra ! » Mais le brahmane ne lui
donna pas de fils semblable au descendant de Vasou, et
cet Asoura se mit alors dans une violente colère contre le
brahmane. A partir de cet instant, ô seigneur des rois,
Ilvala fut un meurtrier des brahmanes. Furieux, il changea
par magie son frère en bélier ; mais Vâtâpi sous cette
forme de bélier pouvait, à volonté, changer de figure à
l'instant même. Après l'avoir ainsi bien transformé, il le
fit manger à un brahmane qu'il désirait tuer, puis il rappela son frère qui était allé dans la demeure du dieu des
morts (Vâivasvata). Vâtâpi ayant repris sa forme reparut
vivant. L'ayant donc bien transformé, il le fit manger à un
autre brahmane qu'il désirait tuer. Puis il rappela son
frère qui était allé dans le séjour de Yama (dieu des morts).
Celui-ci, ayant de nouveau repris sa forme, reparut vivant.

Ensuite Ilvala fit encore un bélier bien proportionné de
l'Asoura Vâtâpi, et l'ayant fait manger à un brahmane, il le
rappela encore une fois. Aussitôt que ce fléau des brahma-

---

[1] Mahâbh, édit. de Calcutta, t. I, p. 549, v. 8543.

[2] Ou fils de Diti, femme de Kacyapa. Les Dâitêyas ou Asouras sont
des titans, ennemis des dieux.

nes eut entendu la voix fortement articulée d'Ilvala, Vâtâpi, le grand Asoura, fort et consommé dans la magie,
déchirant le flanc du brahmane, en sortit en criant, ô prince
des hommes !

Le descendant de Diti, Ilvala à l'esprit cruel, donna plusieurs fois, de cette manière, à manger à des brahmanes et
les fit mourir.

Dans ce même temps aussi, le bienheureux Agastya vit,
dans une fosse, des Pitris (mânes des ancêtres) suspendus
la tête en bas. Il les interrogea, tandis qu'ils étaient ainsi
suspendus et tremblants, et ces sectateurs des Védas lui
répondirent : « Nous sommes ici à cause de notre postérité.
Nous sommes, lui dirent-ils, tes propres ancêtres confinés
dans cette fosse où nous sommes tombés, nous qui avons
besoin d'une postérité. Si tu engendrais pour nous, ô Agastya, un fils excellent, il serait notre libérateur de cet en-
fer, et toi, notre fils, tu obtiendrais la (meilleure) voie !
L'illustre Agastya attaché à la loi et à la vérité, leur répondit : Je ferai ce que vous désirez, ô Pitris ; que la
fièvre de votre esprit s'apaise ! Alors, songeant à avoir une
suite de descendants, le bienheureux sage ne vit point de
femme digne de lui en donner. Il prit (donc) à un être, puis
à un autre, ce qu'il avait de plus beau dans ses membres,
et de ces membres rassemblés, il forma une femme incom-
parable. Cette femme qu'il avait façonnée pour lui-même,
le grand solitaire, riche en mortifications, la donna (pour
fille) au roi de Vidarbha, qui se livrait aux austérités pour
avoir un fils. Elle naquit là, la belle jeune fille, brillante
comme l'éclair ; remarquable par sa beauté, elle grandit, la
jeune fille au gracieux visage. Aussitôt sa naissance, le roi
de Vidarbha l'ayant vue, fut rempli de joie et fit prévenir
les brahmanes. Tous les brahmanes la louèrent, ô prince
de la terre, et lui donnèrent le nom de Lôpâmoudrâ. Douée
d'une beauté suprême, ô grand roi, elle grandit comme un
bouquet de lotus dans les eaux, et bientôt comme la
flamme étincelante du feu

Quand elle fut arrivée à la jeunesse, ô prince des rois, cent jeunes filles bien parées et cent esclaves prêtes à lui obéir se tenaient auprès de cette jeune fille fortunée. Entourée de cent esclaves, au milieu de cent jeunes filles, elle brillait dans son éclat, comme la belle Rôhinî [1] au ciel. Et pendant qu'elle était ainsi dans la fleur de la jeunesse, douée de vertu et de modestie, pas un homme ne la choisit par crainte du magnanime Agastya. Et cette jeune fille, attachée à la vérité, plus belle que les Apsaras [2] elles-mêmes, réjouissait par sa vertu son père et sa famille. Cependant, en voyant la jeune princesse de Vidarbha douée de pareilles qualités, son père songea dans son esprit à qui il la donnerait (pour femme).

II

Lômaça raconte :

Lorsque Agastya pensa qu'elle était capable de conduire une maison, il alla trouver le roi de Vidarbha et dit à ce seigneur de la terre : O roi, mon esprit est occupé de mariage, afin d'avoir un fils. Je te choisis (pour beau-père), ô protecteur de la terre, donne-moi Lôpâmoudrâ. Ainsi interpellé par le solitaire, le prince troublé n'avait pas la force de le refuser, et cependant il ne voulait pas lui accorder (sa fille). Il alla trouver la reine et lui dit : Ce grand et puissant sage irrité me consumera du feu de sa malédiction ! En voyant le seigneur de la terre s'affliger ainsi avec son épouse, Lôpâmoudrâ s'approcha aussitôt et lui dit : Ne te mets pas en peine à cause de moi, roi de la terre, accorde-moi à Agastya, conserve-toi par moi, ô mon père !

D'après les paroles de sa fille, le roi accorda Lôpâmoudrâ au magnanime Agastya, suivant la règle, ô prince des

---

[1] Le 4e astérisme lunaire, personnifié en une nymphe, l'une des femmes de la lune (*Lunus,* masculin en sanscrit).

[2] Nymphes célestes du paradis d'Indra.

hommes ! Quand il l'eut obtenue pour femme, Agastya dit à Lôpâmoudrâ : Quitte ces vêtements de grand prix, ainsi que ces ornements. Alors la jeune fille aux longs yeux quitta les beaux et précieux vêtements ainsi que les fins tissus. Elle prit les habits d'écorce et la peau d'antilope des pénitents, et la belle jeune fille ressembla à une ascète.

Cependant le meilleur des solitaires s'étant rendu à Gangâdvâra [1], il se livrait à de rudes austérités, accompagné de son épouse fidèle. Heureuse, elle entourait son époux d'un grand respect, et Agastya donnait à sa compagne la plus grande félicité.

Ensuite un temps assez long s'étant écoulé, ô prince ! le bienheureux sage vit Lôpâmoudrâ resplendissante par ses mortifications, et purifiée. Ravi de sa conduite pure et retenue, de sa grâce et de sa beauté, il l'invita à céder à ses désirs. Alors celle-ci joignant les mains et comme honteuse, adressa au solitaire ce discours flatteur : Sans doute c'est pour avoir une postérité que mon seigneur a pris une femme. Ma joie est en toi, ô sage ! daigne la rendre complète. Viens me trouver sur une couche pareille à celle qui m'appartient dans le palais de mon père, ô brahmane ! Mais je désire que toi qui portes un chapelet, tu ne m'approches, comme tu le veux, que paré d'ornements, quand je serai ornée moi-même de parures divines. Autrement je ne me prêterais pas à tes désirs revêtue d'un long vêtement rouge ; quel qu'il soit, en effet, ce n'est d'aucune manière un ornement vraiment pur [2].

Agastya dit :

Tes richesses, ô Lôpâmoudrâ ! ne sont pas si grandes

---

[1] C'est-à-dire *porte du Gange*. C'est l'ouverture des monts Himâlayas par laquelle le Gange descend dans les plaines de l'Hindoustan. Cet endroit est plus connu aujourd'hui sous le nom de *Hardwaar*.

[2] Les vêtements rouges (teints avec de l'ocre) semblent réservés aux ascètes ou aux personnes en deuil (*Nala,*, XXIV, 9). C'est le vêtement spécial des religieux boudddhistes.

que les miennes, quelles que soient celles de ton père, ô excellente !

Lôpâmoudrâ dit :

(En effet) tu es maître par (la puissance de) tes austérités, ô sage riche en austérités, de prendre à l'instant
tout ce qu'il y a de richesses dans le monde des vivants.

Agastya dit :

Cela est comme tu l'as dit ; mais cela aussi détruirait le
fruit des austérités. Indique-moi donc un moyen pour que
mes austérités ne soient pas perdues.

Lôpâmoudrâ dit :

Le temps favorable pour m'approcher qui reste est court[1],
ô saint ermite ! et je ne veux pas que tu m'approches en
aucun autre temps qui ne le serait pas. Je ne veux pas, non
plus, retrancher rien de ce qui est juste, mais daigne agir
suivant mon désir.

Agastya dit :

Puisque cette détermination, ô bienheureuse, est ar-
rêtée par ta sagesse, je vais chercher (des richesses) ; pour
toi, ô excellente ! reste ici et fais ce qui te plaira.

III

Lômaça raconte :

Alors, ô fils de Kourou ! Agastya alla demander des richesses à Çroutarvan, le protecteur de la terre, supérieur
en science aux autres princes. Ayant appris l'arrivée
d'Agastya, ce maître de la terre accompagné de ses conseillers, le reçut avec beaucoup de respect à la limite de son
royaume. Et après lui avoir offert l'arghya[2], suivant la
règle, le prince de la terre s'avançant les mains jointes,
lui demanda la cause de sa venue.

[1] V. Manou, III, 45-50.

[2] Offrande aux dieux ou aux hommes respectables, composée de riz,
d'eau et de fleurs, etc.

Agastya dit :

Sache que je suis venu pour avoir des richesses, ô prince !
Suivant que tu le peux, sans léser les autres, donne-moi
une part.

Lômaça raconte :

Alors le roi lui fit connaître son revenu et sa dépense
tout entiers. « Prends, ô sage ! ce que tu voudras de richesses. » Mais en voyant le revenu et la dépense égaux,
le brahmane à l'esprit modéré comprit quelle pouvait être
la souffrance des créatures à cause de ce qu'on leur
prenait.

Il emmena donc avec lui Çroutarvan et alla trouver
Bradhnaçva. Celui-ci les reçut tous les deux avec respect,
suivant la règle, à la limite de son royaume. Il leur fit
donner l'arghya et de l'eau pour laver leurs pieds, et les
ayant reconnus, il leur demanda la cause qui les amenait.

Agastya dit :

Sache que nous sommes venus ici tous les deux dans le
désir d'avoir des richesses, ô prince de la terre ! Selon que
tu le peux, sans léser les autres, donne-nous une part.

Lômaça raconte :

Alors le roi leur fit connaître à tous les deux son revenu
et sa dépense tout entiers : « Voyez et prenez tous les deux
ce qu'il y a de surplus. »

Et le brahmane à l'esprit modéré ayant vu le revenu et
la dépense égaux, comprit quelle était la souffrance des
créatures à cause de ce qu'on leur prenait.

Agastya, Çroutarvan et Bradhnaçva allèrent ensuite auprès de Trasadasyou, descendant de Pouroukoutsa [1], pos-
sesseur de grandes richesses. Le magnanime Trasadasyou
les ayant vus, les reçut suivant la règle, en allant au de-
vant d'eux à la limite de son royaume. Le meilleur des rois

---

[1] Nom d'un roi qui demeurait sur les bords de la Narmadâ, et auquel
fut récité le Vichnou-Pourâna par les sages qui l'avaient recueilli de la
bouche de Brahma lui-même.

(Vichnu puruna transl. by Wilson., pp. 9, 362 et 371.)

- de la race d'Ikchvâkou les ayant honorés comme il convenait, leur demanda pourquoi ils étaient venus ensemble.

Agastya dit :

Sache que nous sommes venus ici dans le désir d'avoir des richesses, ô seigneur de la terre ! Selon que tu le peux, sans léser les autres, donne-nous une part.

Lômaça raconte :

Alors le roi leur fit connaître son revenu et sa dépense tout entiers : « Voyez et prenez ce qu'il y a de surplus. » Mais le brahmane à l'esprit modéré ayant vu le revenu et la dépense égaux, comprit quelle était la souffrance des créatures à cause de ce qu'on leur prenait.

Alors, ô grand roi ! tous ces princes rassemblés dirent au grand solitaire, en se regardant entre eux :

Celui qui est vraiment riche sur la terre, ô brahmane ! c'est le Dânava Ilvala. Allons tous le trouver aujourd'hui et nous lui demanderons des richesses.

Lômaça raconte :

Il fut donc convenu entre eux qu'on ferait une demande à Ilvala. Et tous ensemble, ô roi ! se rendirent auprès d'Ilvala.

IV

Lômaça raconte :

Ilvala ayant appris que les princes s'approchaient accompagnés du grand solitaire, vint avec ses conseillers les recevoir, avec respect, à la limite de son royaume. Puis, ce premier des Asouras leur donna l'hospitalité, avec son frère Vâtâpi, ô fils de Kourou ! bien métamorphosé (en bélier).

Tous ces princes des rois furent étonnés et troublés à la vue du grand Asoura Vâtâpi ainsi transformé en bélier. Mais le meilleur des sages, Agastya dit à ces rois : « Ne vous laissez pas aller à l'abattement, car je mangerai le grand Asoura. »

Le grand sage s'étant rendu à la demeure de l'animal, il

s'assit. Le prince des Dâityas, Ilvala, lui offrit à manger en souriant. Agastya mangea alors Vâtâpi tout entier. Pendant qu'il mangeait, l'Asoura Ilvala fit l'appel de son frère. Alors du vent s'éleva sous la personne du sage magnanime, produisant un grand bruit comme celui d'un nuage orageux. « Vâtâpi, sors ! » cria Ilvala à plusieurs reprises. Agastya, le meilleur des solitaires, lui dit alors en souriant : « Comment peut-il sortir, ainsi déchiré par moi, cet Asoura ? »

Et Ilvala fut consterné en voyant le grand Asoura déchiré ; puis, joignant les mains ainsi que ses conseillers, il dit : « Pourquoi êtes-vous venus, parlez, que ferai-je pour vous ? »

Agastya répondit en souriant à Ilvala : « Nous savons tous, ô Asoura, que tu es le seigneur et maître des richesses. Or ceux-ci n'ont point de richesses superflues, et le besoin que j'ai de richesses est grand. Selon que tu le peux, sans léser les autres, donne-nous une part.

Alors Ilvala s'adressant au sage, lui dit : Si tu sais la richesse qu'on désire qui soit donnée, je te la donnerai.

Agastya dit :

Dix mille vaches pour chacun de ces rois, et autant de souvarnas (pièces d'or), voilà ce qu'on désire que tu donnes, ô grand Asoura. Quant à moi, c'est le double, avec un char d'or et des chevaux rapides comme la pensée que je désire que tu me donnes.

Aussitôt, pour eux qui désiraient le voir, ce char d'or fut visible ; et ce char désiré, ô fils de Kounti, était vraiment d'or.

Ensuite le Dâitya leur donna, avec bien du regret, d'immenses richesses. Virâva et Sourâva, les deux chevaux attelés à ce char, emportèrent promptement ces richesses à la demeure d'Agastya, et tous les rois avec lui, en un clin d'œil, ô descendant de Bharata ! Congédiés par Agastya, les princes des rois se retirèrent alors. Le sage avait fai tout ce que Lôpâmoudrâ désirait.

Lôpâmoudrâ dit :

Tu as fait, ô bienheureux, tout ce qui était désiré par moi ; engendre donc en moi un seul fils, le plus grand des héros !

Agastya dit :

Je suis satisfait de ton choix, femme excellente au beau visage, et je vais te dire ce qui est déterminé pour ta postérité, écoute :

Tu peux avoir mille fils ou cent que dix égaleraient ; tu peux en avoir dix égaux à cent, ou bien un seul qui en surpasse mille.

Lôpâmoudrâ dit :

Que j'aie un seul fils égal à mille, ô sage riche en austérités ; car un seul qui est bon vaut mieux que plusieurs qui ne sont pas bons.

Après avoir promis en disant « Qu'il en soit ainsi ! » le solitaire cohabita avec cette femme vertueuse dans l'observance des devoirs, en temps convenable, rempli de foi, avec elle remplie aussi de foi. Puis, l'ayant prise avec lui pendant qu'elle était enceinte, il alla dans la forêt, et dans ce voyage à travers la forêt, le fruit qu'elle portait grandit pendant sept ans[1], et la septième année étant venue, naquit, comme éclairé de sa splendeur le grand sage nommé Dridhasyou, ô descendant de Bharata. Grand ascète, il récitait les Anggas, les Oupanichats [2] et les Vêdas, l'illustre et grand brahmane qui était fils du solitaire. Le glorieux

---

[1] Dans un livre bouddhique cité par M. Hodgson, *Journal of the roy. As. Soc. of gr. Britain and Ireland*, 1855, T. II, p. 304, il est dit que le fils du Bouddha Câkya Sinha, nommé Rahoula, demeura six ans dans le sein de sa mère. La peine et l'inquiétude de la mère et du fils étaient causés, ajoute le texte, par les actions de leurs naissances antérieures. Dans notre légende le long séjour de Dridhasyou dans le sein de sa mère ne paraît pas devoir être attribué à une cause pareille.

[2] Les *Anggas* sont, suivant les Hindous, une division de la science dépendant des Vêdas, d'où le nom de *Vêdânggas* (membres du Vêda) qu'on leur donne aussi. Ils traitent de la prononciation, du détail des cérémonies religieuses, de la grammaire, de la prosodie et de l'astronomie.

Les Oupanichats sont la partie théologique des Vêdas.

jeune homme apportait lui-même dans la demeure de son père un fardeau de bois à brûler, et fut pour cela (nommé) Idhmavâha [1].

En voyant les qualités dont il était doué, le solitaire se réjouit, et c'est ainsi qu'il engendra le meilleur des fils, ô descendant de Bharata, et que ses ancêtres obtinrent les mondes qu'ils désiraient, ô roi. Et à partir de ce moment, l'ermitage d'Agastya devint célèbre sur la terre.

Le fils de Prahlada [2], Vâtâpi, fut adouci par Agastya, et sa demeure, ô roi, fut le séjour des qualités aimables.

APPENDICE

Voici la même légende d'après le Râmâyana, *Aranya Kânda* (livre de la forêt), t. III, p. 57, st. 11 du texte, et t. VII, p. 192, de la traduction italienne, édition de M. Gorresio.

« Comme je l'ai appris par le récit de Soutikchna, c'est ci que se trouve certainement l'ermitage du frère d'Agastya ; d'Agastya, son frère aîné, par lequel cette contrée est devenue un asile sûr, après que celui-ci eut dans son désir d'être utile aux créatures, dompté par la force de ses mérites religieux (un Asoura terrible comme) la mort. Ici, autrefois, habitaient ensemble deux frères, grands Asouras,

[1] *Idhma*, combustible, et *vâha*, qui porte.

[2] Vâtâpi et Ilvala sont mentionnés dans le Vichnou-pourâna comme fils de Hlâda ou Hrâda, second fils d'Hiranyakacipou, titan pour la destruction duquel Vichnou descendit pour la quatrième fois sur la terre, sous la figure de Narasinha (l'homme à tête de lion).

Notre légende leur donne pour père Prahlâda, qui est le troisième fils de Hiranyakacipou.

Voy. *Vichnu purana translated by H.-H. Wilson*, p. 124. l. 1, et p. 147, note 1, etc.

meurtriers des brahmanes, le cruel Vâtâpi et Ilvala. Le perfide Ilvala, se montrant sous la figure d'un brahmane et parlant sanscrit, invitait les brahmanes à assister aux cérémonies funèbres. Et à l'heure des cérémonies, il donnait, suivant l'usage, à manger aux brahmanes, et c'était son frère dont il avait préparé la chair après l'avoir transformé en bélier. Mais quand les brahmanes avaient mangé, Ilvala disait alors avec une voix forte : « Vâtâpi, sors ! » Aussitôt qu'il entendait la voix de son frère, Vâtâpi, bêlant comme un bélier, sortait en ouvrant et en déchirant les corps des brahmanes. Des milliers de brahmanes furent tués ainsi par ces deux frères qui les invitaient à manger de la chair. Mais le meilleur des sages, Agastya, ayant appris que les brahmanes étaient dévorés ainsi, vint promptement à l'endroit où étaient ces deux malfaiteurs. En voyant Agastya venir, les deux frères furent remplis de joie, et l'invitèrent aussitôt en disant : Mangez, ô vénérable ! Ainsi invité par ces deux démons, le respectable solitaire, acceptant leur invitation, leur dit : C'est bien ! Ilvala lui dit alors en souriant : Comment pourras-tu manger à toi seul un bélier ? Agastya répondit en souriant aussi : Je le mangerai bien tout entier, fais-le-moi préparer ; je suis affamé, généreux seigneur, par des jeûnes de plusieurs années. Je puis donc bien manger à moi seul un bélier dans une cérémonie funèbre. A ces paroles d'Agastya, Ilvala répondit : Bien ! je vais te le faire donner, mange-le donc, si cela est possible. Alors le vénérable Agastya, pendant qu'Ilvala le regardait, se mit à manger Vâtâpi sous la forme d'un bélier et préparé pour servir de nourriture. Alors le sage invoqua mentalement la déesse du Gange ; et, propice à son désir, elle entra promptement dans son vase (qu'elle remplit de son eau) Le solitaire, prenant l'eau contenue dans le vase et s'étant purifié en murmurant les prières consacrées, mangea le bélier tout entier. Ilvala, qui ne connaissait pas le redoutable solitaire, appela son frère en criant à haute voix : « Vâtâpi, sors ! » — Mais tandis qu'il évoquait ainsi son frère, le meur-

la forme d'un bélier ? Reparaître lui est impossible. Le Rakchas a été mangé par moi, il ne peut donc plus revenir,
quand même les dieux avec Indra s'y emploieraient ; voilà ce
que j'ai décidé irrévocablement. En entendant les paroles
d'Agastya, le rôdeur de nuit, affligé de la mort de son frère
et rempli de colère, commença à injurier le solitaire. Furieux, il attaqua le sage qui brillait comme le feu, et il fut
réduit en cendres par l'œil ardent de celui-ci. Après avoir
exterminé les deux criminels Rakchas, meurtriers des brahmanes, le vertueux Agastya fit entrer (son frère) dans le
bel ermitage. Le voici cet ermitage du solitaire aux œu-
vres pures, où abondent les fleurs, les fruits et les eaux
excellentes ; il est embelli par des bosquets et des étangs,
l'asile (du frère) de celui qui a une majesté et une splendeur
divine, et par qui a été accomplie cette entreprise difficile,
par compassion pour les brahmanes.

L'hymne IV de la 2ᵉ section du Rig-Vêda contient trois
stances dont le refrain est :

« Deviens Vâtapi, gonfle-toi pour nous. »

Et comme l'auteur de l'hymne est, dit-on, Agastya, il y a
probablement une liaison entre l'hymne védique et la légende du Mahâbhârata.

Paris, imprimerie de Ch. Bonnet et Comp., 42, rue Vavin.

OUVRAGES DE PH. ED. FOUCAUX

QUI SE TROUVENT A LA LIBRAIRIE DE BENJAMIN DUPRAT

7, RUE FONTANES, 7

GRAMMAIRE DE LA LANGUE TIBÉTAINE. Paris, imprimerie impériale, 1859. In-8 broché.   3 fr.

HISTOIRE DU BOUDDHA SAKYA-MOUNI, texte tibétain et traduction. 2 vol. in-4.   30 fr.
   Le texte seul.   20 fr.
   La traduction seule, avec figures.   12

LA NAISSANCE DE SAKYA-MOUNI, spécimen du Gya-tcher-rol-pa, texte tibétain, traduit en français et accompagné de notes. Paris, 1841. In-8, broché.   4 fr

LE SAGE ET LE FOU, texte tibétain extrait du Kanjour, avec un glossaire contenant l'explication de tous les mots. In-8, broché.   2 fr. 50

PARABOLE DE L'ENFANT ÉGARÉ, publiée en sanscrit et en tibétain, avec la traduction française. Paris, 1854. In-8, broché.   7 fr. 50

LE TRÉSOR DES BELLES PAROLES, choix de sentences composées en tibétain par le lama Saskya Pandita, texte et traduction. Paris, 1858. In-8.   3 fr. 50

TROIS ÉPISODES DU MAHABHARATA, traduits du sanscrit en français :
   1. Striparva.   3 fr.
   2. Mahaprasthanika.   1
   3. Kairata Parva.   1

POUR PARAITRE PROCHAINEMENT :

VIKRAMORVACI. drame sanscrit en cinq actes, de Kalidasa, traduit en français. In-8.

122. — PARIS. IMP. CH. BONNET ET COMP., 42, RUE VAVIN.